LA MEUNIÈRE
DU MOULIN-JOLI

Pièce en deux actes.

LA MEUNIÈRE

DU MOULIN-JOLI

PIÈCE EN DEUX ACTES

avec chœurs et couplets

PAR

ANTONY MARS

PARIS

J. BRICON, Successeur de SARLIT.

19, RUE DE TOURNON, 19.

1889

PERSONNAGES (1) :

MADAME BAVOLET, meunière, 22 ans.
LA MARQUISE DE BOIS-MOUCHET, 20 ans.
LA BARONNE DE CHANTELOUP, sa tante, 50 ans.
MARCELINE, jardinière, 22 ans.
LA MÈRE GRIVET, 50 ans.
FANCHETTE
VICTOIRE; } 18 à 20 ans, servantes du moulin.
MÉLIE.
Villageoises.

L'action se passe sous Louis XV

dans un petit village.

———

La MUSIQUE avec ACCOMPAGNEMENT des chœurs et couplets,
par ALCIDE BÉJOT.
se vend séparément :   50 c.

———

TOUS DROITS RÉSERVÉS.

———

1. Voir, à la fin de la pièce, la description des costumes de tous les personnages.

LA MEUNIÈRE DU MOULIN-JOLI

ACTE PREMIER.

Le théâtre représente la salle basse d'un moulin. Au fond, grande porte donnant sur la campagne. A droite, une échelle dressée contre le mur, qui est censée conduire à l'étage au-dessus. A droite, une porte. A gauche, autre porte. Contre le mur, au fond, des sacs de blé alignés. Accrochés aux murs, çà et là, des cribles, des tamis, des fourches, des blutoirs, etc. Une table sur le devant de la scène, à gauche. Mobilier rustique. Chaises de paille, etc.

SCÈNE PREMIÈRE.

MÉLIE, FANCHETTE, VICTOIRE.

(Au lever du rideau, Mélie, au fond, achève de lier un sac de blé. Fanchette, à gauche, passe du blé dans un crible. Victoire, debout sur le dernier échelon de l'échelle posée contre le mur, semble descendre du grenier.)

Chœur (1) :

Allons ! allons !
Vite à l'ouvrage,
Travaillons, *(bis)*
Du courage, *(bis)*
Travaillons
Et chantons !

MÉLIE.

Rappelons-nous qu'un vieil adage
Dit que le travail est sans prix.

1. Musique et accompagnement par Alcide Béjot, même librairie. 50 c.

VICTOIRE (*sur son échelle*).

Je ne comprends pas ce langage,
Et je ne l'ai jamais compris !

FANCHETTE (*avec une révérence*).

Nous le savons bien, car mam'zelle
Aime surtout le travail fait !

MÉLIE (*de même*).

Faut pas lui demander du zèle :
Elle ne sait pas ce que c'est.

MÉLIE et FANCHETTE (*riant*).

Ah ! ah ! ah ! ah ! ah !

VICTOIRE (*d'un air fâché, les imitant*).

Ah ! ah ! ah ! ah ! ah !

Reprise du chœur.

Allons ! allons !
Vite à l'ouvrage, etc...

FANCHETTE.

Eh bien! dis donc, Victoire... ne te gêne pas ! Qu'est-
ce que tu fais donc perchée sur ton échelle ?

VICTOIRE.

Je me repose...

MÉLIE.

Si tu venais un peu nous aider... ce ne serait pas de
refus.

VICTOIRE.

C'est ça... je ferais mon travail, et puis ensuite je vien-
drais faire la moitié du vôtre... Ah non, merci !

(*Elle saute à terre.*)

MÉLIE.

Paresseuse !

VICTOIRE (*courant à elle*).

Paresseuse?.. Répète un peu, pour voir, répète un peu !

FANCHETTE (*les séparant*).

Eh là !.. eh là !.. est-ce que vous allez vous battre à présent ?

VICTOIRE.

Pourquoi qu'elle dit des choses qui ne sont pas vraies? Je viens du grenier... j'ai bluté deux sacs de farine...que j'en ai encore mal dans les bras.

MÉLIE.

Oh! du reste, ce que j'en disais...c'était pour éprouver ton bon cœur... J'ai fini, ainsi !

(*Elle descend en scène*).

FANCHETTE (*posant son crible*).

Moi aussi !

VICTOIRE.

Et puis, notre patronne n'est pas là... nous pouvons bien nous reposer ?

(*Elle s'assied à droite.*)

MÉLIE.

Où donc qu'elle est allée, Mme Bavolet ?

FANCHETTE.

Au château. L'intendant de Mme la marquise de Bois-Mouchet l'a fait appeler. C'est pour son blé.

VICTOIRE (*soupirant*).

Encore de l'ouvrage.

MÉLIE.

Ah ! le Moulin-Joli, où nous sommes servantes, ne chôme pas. La meunière, Mme Bavolet, est si gaie, si bonne, si avenante...

FANCHETTE.

Et pas fière pour deux sous.

VICTOIRE.

Ça, c'est vrai..

FANCHETTE.

C'est pas comme la marquise de Bois-Mouchet et sa tante la vieille baronne de Chanteloup ! Elles en font des manières, celles-là, non !..

VICTOIRE.

Sous prétexte qu'elles ont eu des parents aux Croisades.

MÉLIE.

Qu'est-ce que c'est que ça, les Croisades ?

VICTOIRE.

Les Croisades ?.. Comment, tu ne sais pas ce que c'est que les Croisades ?.. Moi non plus, du reste !..

FANCHETTE.

Ce doit être un pays ?..

MÉLIE.

Loin d'ici alors ?.. Je ne le connais pas !..

FANCHETTE.

Enfin, elles font un tas de manières, quoi !.. Faut les voir quand elles viennent ici !.. *(imitant la baronne.)* — « Ma nièce, ne parlez pas à ces petites gens !.. »

VICTOIRE *(naïvement)*.

Des petites gens !.. Je suis plus grande qu'elle !

FANCHETTE *(imitant toujours)*.

— « Ma nièce, ne vous commettez pas avec ces vilaines !.. »

MÉLIE (*riant*).

Des vilaines !.. Avec ça qu'elle est jolie, la vieille baronne, avec son menton pointu et ses lunettes sur le bout du nez !

FANCHETTE (*même jeu*).

— « Et nos aïeux par ci.. Et nos aïeux par là !.. Et mon blason !.. Et mon château !.. Et mon argent !.. »

VICTOIRE.

Ah ! c'est vrai.... elle est riche !.. elle peut vivre sans travailler.

FANCHETTE.

Oh ! toi, tu en fais le moins possible.

VICTOIRE.

Tiens! pourquoi que, moi aussi, je ne suis pas marquise... ou baronne... ou *dussèche*.

MÉLIE (*la reprenant*).

Duchesse.

VICTOIRE.

Eh bien ! c'est ce que je dis : *dussèche !*

FANCHETTE (*la reprenant*).

Duchesse !

VICTOIRE.

Eh bien ! oui.. *dussèche !*

MÉLIE.

Ah ! tu ne le diras jamais... c'est pas la peine d'essayer.

(*On entend la voix de Mme Bavolet.*)

VICTOIRE (*se levant*).

Oh ! Madame !.. Vite... vite, au travail !..
(*Elle prend un crible.*)

MÉLIE *(riant)*.

Tiens ! elle s'y met maintenant !

FANCHETTE.

Mieux vaut tard que jamais !

(Elles reprennent leur ouvrage, Mélie et Fanchette à gauche, Victoire à droite.)

SCÈNE II.

LES MÊMES, MADAME BAVOLET.

MADAME BAVOLET *(entrant du fond)*.

Toutes au travail !.. C'est bien !.. Arrêtez-vous!.. *(A Victoire qui secoue son crible avec force.)* Victoire, tu te fatigues trop !

VICTOIRE *(s'essuyant le front du revers de la main)*.

Ah ! nous avons bien travaillé !

MÉLIE et FANCHETTE *(riant)*.

Oh ! oui !..

MADAME BAVOLET *(se débarrassant de son manteau)*.

Mes enfants, je suis contente de vous. Je viens du château... et ce n'est pas le blé qui manquera à notre cher moulin : la récolte est magnifique.

FANCHETTE *(à gauche)*.

Tant mieux !

VICTOIRE *(à part)*.

Tant pis !

MADAME BAVOLET.

Aussi, vive le Moulin-Joli !..

MÉLIE.

Et vive sa meunière !

MADAME BAVOLET.

Merci !.. C'est vrai... ce moulin m'est bien cher. C'est
là où je suis née !.. Je ne l'ai jamais quitté depuis mon
enfance !.. Toute ma vie tient entre ces quatre murailles... Il est à moi... c'est mon bien... c'est moi qui le
dirige... le fais prospérer... Aussi, si vous saviez combien je l'aime !..

Couplets (1).

Je suis la meunière
Du Moulin-Joli,
Debout la première,
La dernière au lit,
Je suis la meunière
Du Moulin-Joli !

Le matin, dès l'aube vermeille,
C'est lui, mon moulin, qui m'éveille :
Tic-tac.

C'est un ami, l'ami d'enfance,
Son bonjour, je le sais d'avance :
Tic-tac.

Au vent quand je tourne son aile,
Il murmure, refrain fidèle :
Tic-tac.

Et le soir, du travail lassée
Je m'endors par son bruit bercée :
Tic-tac.

Je suis la meunière
Du Moulin-Joli,
Debout la première,
La dernière au lit,
Je suis la meunière
Du Moulin-Joli.

FANCHETTE.

Alors, vous venez du château ?

---

1. Musique et accompagnement, même librairie.

MADAME BAVOLET.

Oui, ma bonne Fanchette.

VICTOIRE.

Vous avez vu la baronne ?

MÉLIE.

Et la marquise ?

VICTOIRE.

Avaient-elles de belles robes ?

MÉLIE.

Et de beaux manteaux ?

FANCHETTE.

Avec du *d'or* dessus ?

MADAME BAVOLET.

Eh ! allez donc !.. Eh ! allez donc !.. En voilà des questions !.. D'abord, je n'ai pas vu la marquise.

MÉLIE.

Ah !

MADAME BAVOLET.

Ni la baronne !

VICTOIRE.

Ah !..

MADAME BAVOLET.

Je n'ai vu que Marceline, la jardinière, et elle n'avait pas de belle robe.

VICTOIRE.

Tiens, une servante comme nous !

MADAME BAVOLET.

Une amie d'enfance à moi.

VICTOIRE.

Ça n'empêche pas.

MADAME BAVOLET.

Ah ! mais dis donc, Victoire... est-ce que tu serais envieuse ?

VICTOIRE.

Oh ! oui !

MADAME BAVOLET.

A la bonne heure, tu es franche !

VICTOIRE.

Ah ! si je pouvais un jour... seulement un jour... avoir une belle robe comme les dames du château !

MADAME BAVOLET.

Tu serais ridicule tout simplement, ma pauvre Victoire. Faut être née là-dedans pour savoir porter tous ces jolis chiffons ! (*La mère Grivet paraît au fond.*) Je ne les ai jamais désirés, moi, ces colifichets de velours et de satin !.. Chacun son état !.. Fais comme moi... Je suis meunière et resterai meunière !

LA MÈRE GRIVET (*s'avançant*).

Bien dit, Madame Bavolet!

FANCHETTE.

Ah ! c'est la mère Grivet !

MADAME BAVOLET.

Bonjour, mère Grivet !

SCÈNE III.

LES MÊMES, LA MÈRE GRIVET.

LA MÈRE GRIVET.

Vous avez raison, il ne faut jamais envier son prochain... ni vouloir singer ceux qui sont au-dessus de nous.

MADAME BAVOLET.

Ah ! je pense bien comme vous, allez !

LA MÈRE GRIVET.

Aujourd'hui, oui... mais demain ?.. Souvent les événements changent les sentiments... Je suis vieille, moi, et j'en ai tant vu !..

MADAME BAVOLET.

Vous ne me verrez jamais changer, moi !...

LA MÈRE GRIVET.

Espérons-le !..(*A part.*) Mais si l'occasion se présentait !.. (*Haut.*) Est-ce que vous n'avez pas une tante éloignée... et très riche ?

MADAME BAVOLET.

Une tante, oui !... Mais il y a si longtemps que je ne l'ai vue !...

LA MÈRE GRIVET.

Cependant si vous étiez son héritière... vous en auriez de l'argent, n'est-ce pas ?

MADAME BAVOLET.

Sans doute.

LA MÈRE GRIVET.

Et alors vous pourriez vivre comme les dames du château ?

MADAME BAVOLET.

Oh ! non !... D'ailleurs, ce que vous dites-là n'arrivera pas...Alors ce n'est pas la peine d'en parler.

LA MÈRE GRIVET.

C'est histoire de causer !.. *(A part.)* Faudra voir... faudra voir !...

MADAME BAVOLET.

Et qu'est-ce qu'il y a pour votre service, mère Grivet ?

LA MÈRE GRIVET.

Je venais demander à l'une de vos servantes de me donner un coup de main.

MADAME BAVOLET.

Avec plaisir. Pourquoi ?

LA MÈRE GRIVET.

Rapport à Jeannot... Il est en bas de la colline... et il ne veut pas en bouger !

MADAME BAVOLET.

Qu'est-ce que c'est que ça, Jeannot !

LA MÈRE GRIVET.

Jeannot ?... Comment, vous ne connaissez pas Jeannot ?... C'est mon âne !

MADAME BAVOLET *(riant)*.

Votre âne ?... Ah ! bon !...

LES SERVANTES *(riant)*.

Ah ! ah ! ah !

LA MÈRE GRIVET.

Et il est têtu !... Non, vous ne pouvez pas savoir ce qu'il est têtu !...

MADAME BAVOLET (*riant*).

Comme un âne !...

LA MÈRE GRIVET.

Vous pourriez bien dire comme quatre !... Ce matin,
je vais le réveiller...il me dit bonjour...car vous savez...
il me dit bonjour !

MADAME BAVOLET.

Vraiment ?

LA MÈRE GRIVET.

Il est si gentil quand il veut !... Il me dit bonjour
comme ça... (*Imitant l'âne qui brait.*) Hi ! han ! hi !
han !...

LES TROIS SERVANTES (*riant*).

Hi ! han ! hi ! han !... Ah ! ah ! ah !...

LA MÈRE GRIVET (*fâchée*).

Eh bien ! quoi ! chacun parle comme il peut !...
(*Reprenant son récit.*) Je le réveille...

FANCHETTE.

Il vous dit bonjour...

LA MÈRE GRIVET

(*fâchée, veut répondre, puis se ravise et continue*).

...Et je lui dis : « Jeannot, nous allons voir Madame
Bavolet, la meunière du Moulin-Joli. » — Il a l'air con-
tent et me répond : Oui... oui !... — avec ses oreilles.

MÉLIE (*riant*).

Tiens ! il parle donc avec les oreilles ?

LA MÈRE GRIVET (*même jeu que plus haut*).

...Je charge mon sac de blé ...je monte par dessus...
et nous partons. — Tout va bien jusqu'à la montée...

mais voilà-t-il pas qu'arrivé là... il avise un petit chardon sur le bord de la route !... Plus moyen de le faire
avancer. J'avais beau lui dire : « Jeannot, nous serons
en retard !... Jeannot, Madame Bavolet nous attend!...
Jeannot, nous reviendrons tout à l'heure et tu mange-
ras ton chardon... et puis d'autres !... » — Ah ! bien
oui, il est têtu !... C'est comme si j'avais parlé à la mu-
raille !... Et il est là-bas, à présent, je l'ai attaché à une
branche. — Faudrait quelqu'un pour venir prendre
mon sac.

MADAME BAVOLET.

Tout de suite. (*Appelant.*) Victoire ?

VICTOIRE (*qui était assise*).

Madame ?

MADAME BAVOLET.

Va donc prendre le sac de la mère Grivet.

LA MÈRE GRIVET.

Il n'est pas lourd.

VICTOIRE.

Bien, Madame.

(*Elle se dirige vers le fond*).

FANCHETTE ET MÉLIE (*étonnées*).

Comment... elle y va ?

VICTOIRE (*arrivée au fond, pousse un petit cri*).

Ah !...

(*Elle revient.*)

MADAME BAVOLET.

Qu'est-ce qu'il y a ?

VICTOIRE (*frottant son bras droit*).

Je ne sais pas... J'ai senti une douleur... là, dans le
bras... tout d'un coup... (*D'un ton plaintif.*) Oh ! là !
là ! là ! là !

FANCHETTE et MÉLIE (*riant*).

Ah ! bon !...

MADAME BAVOLET (*à Victoire*).

Ne crie donc pas ainsi !... et repose-toi. — Fanchette te remplacera.

FANCHETTE (*à part*).

Moi !... par-exemple !... attends un peu !... (*Haut.*) Aïe... j'ai mal à un pied...

MADAME BAVOLET.

A un pied !:... lequel ?

FANCHETTE.

Je ne sais pas... (*Se reprenant.*) C'est-à-dire, si... au pied droit !.. (*Imitant Victoire.*) Oh ! la ! la ! la ! la !.. (*Elle fait semblant de boiter.*)

MADAME BAVOLET.

Ça t'a donc pris tout d'un coup ?

FANCHETTE.

Oui .. comme Victoire !.. (*Recommençant à gémir.*) Oh ! la ! la ! la ! la !

MADAME BAVOLET.

Tais-toi donc !.. C'est insupportable !.. Mélie va vous remplacer !..

MÉLIE.

Naturellement.

LA MÈRE GRIVET.

Allons, viens, ma fille !

MÉLIE (*à part*).

Qu'est-ce que je pourrais bien trouver ?.. Ah ! j'y suis !.. (*Haut.*) Allons bon !.. (*Poussant de petits cris.*) Aïe..! Oh !.. Ah !.. mon œil... mon œil !.. (*Elle se frotte l'œil droit.*)

MADAME BAVOLET.

Qu'est-ce qu'elle dit ?

MÉLIE.

Il vient de me rentrer une paille dans l'œil !..
(Criant plus fort que les autres.) Oh ! là ! là ! là ! là !

MADAME BAVOLET.

Comment, elle aussi ?.. Attendez, mère Grivet, je
vais vous aider, moi.

LA MÈRE GRIVET.

Vous ?.. Oh non !..

MADAME BAVOLET.

Laissez donc... ce ne sera pas la première fois... et
je n'ai pas peur de chiffonner ma robe comme la
marquise.

LA MÈRE GRIVET.

Vous en feriez autant à sa place.

MADAME BAVOLET.

Je vous ai déjà dit non. — Non ! non ! et non !...
Meunière je suis... meunière je resterai !

LA MÈRE GRIVET.

Qui vivra verra !

MADAME BAVOLET *(qui a mis son tablier)*.

Allons, venez, mère Grivet, ne faisons pas attendre
Jeannot !

(Elle sort au fond.)

LA MÈRE GRIVET.

Me voilà ! me voilà !...*(Aux trois servantes.)* Pauvres
petites, va! Faut vous soigner !... le bras... le pied... et
l'œil !... *(Ironique.)* En voilà des maladies subites!...
surtout quand il y a de l'ouvrage !... Faut soigner ça !

LES TROIS SERVANTES (*ensemble*).

Oh ! la ! la ! la ! la !

LA MÈRE GRIVET.

Oui... oui... faut soigner ça !

(*Elle sort en riant.*)

SCÈNE IV.

MÉLIE, FANCHETTE, VICTOIRE,
puis MARCELINE.

VICTOIRE (*sans bouger de place*).

Parties !

MÉLIE (*de même*).

Je le crois !

FANCHETTE (*tournant un peu la tête*).

Oui !

VICTOIRE (*se levant*).

Alors !

(*Les autres se lèvent aussi*).

FANCHETTE.

Tiens ! tu n'as plus mal au bras ?

VICTOIRE.

Ni toi au pied ?

FANCHETTE.

Ni Mélie à l'œil ?

MÉLIE.

Pas plus que vous. — Je n'allais pas faire votre ouvrage, peut-être ?

FANCHETTE.

C'est Victoire qui était commandée.

VICTOIRE.

Pourquoi moi et pas vous ?

MARCELINE (*entrant*).

Bonjour, Mesdemoiselles et la compagnie.

FANCHETTE.

La jardinière du château.

VICTOIRE.

Et l'amie de Madame Bavolet...Bonjour, Marceline.

MARCELINE.

Elle n'est pas là ?

MÉLIE.

Madame Bavolet est allée donner un coup de main
à la mère Grivet.

MARCELINE.

Eh bien !... et vous autres ?

VICTOIRE.

Nous autres ?..(*On entend Madame Bavolet au dehors
qui dit : Au revoir, mère Grivet !*) Nous autres ?..

(*Elle reprend vivement sa place, mais elle se trompe
de bras et frotte le gauche.*)

MÉLIE (*même jeu, se frotte l'œil gauche*).

C'est elle !

FANCHETTE (*même jeu, boitant du pied gauche*).

La voici !.

TOUTES TROIS (*ensemble*).

Oh ! la ! la ! la ! la !...

MARCELINE (*étonnée*).

Qu'est-ce qu'elles font ?...

(*Madame Bavolet entre.*)

SCÈNE V.

LES MÊMES, MADAME BAVOLET.

MADAME BAVOLET (*de la porte*).

Oui, mère Grivet ! Au revoir, mère Grivet ! (*Descendant.*) Voilà ! Ça n'a pas été long. — Bonjour, Marceline ! — (*Regardant ses servantes.*) Ah ! c'est bien drôle !

MARCELINE:

Quoi donc ?

MADAME BAVOLET (*désignant Victoire*).

Tout à l'heure, celle-ci avait mal au bras droit... (*Désignant Fanchette,*) celle-là au pied droit... et la troisième à l'œil du même côté !...

VICTOIRE (*à part*).

Ah ! je *m'ai* trompée !

MADAME BAVOLET.

Et maintenant... le mal est à gauche !

FANCHETTE (*balbutiant*).

Oui, Madame, c'est vrai... mais vous savez... les douleurs... ça va... ça vient...

MÉLIE (*vivement.*)

Tantôt d'un côté... tantôt de l'autre ..

MADAME BAVOLET.

Ça se promène !...

VICTOIRE (*vivement*).

Voilà, ça se promène !..

MADAME BAVOLET.

C'est tout naturel !... Vous vous êtes moquées de moi... mais ne recommencez pas !.. *(A Marceline.)* Comment es-tu ici, toi ? Ai-je oublié quelque chose au château ?

MARCELINE.

Non !.. C'est Madame la marquise qui m'envoie...

MADAME BAVOLET.

La marquise de Bois-Mouchet ?

MARCELINE.

Lorsqu'elle a appris que tu étais venue ce matin, elle s'est mise en colère parce qu'on ne l'a pas avertie.

MADAME BAVOLET.

Pourquoi ?

MARCELINE.

Sais pas ! Paraît qu'elle veut te parler.

MADAME BAVOLET.

A moi ?

MARCELINE.

Et elle m'envoie pour t'annoncer sa visite.

MADAME BAVOLET.

Comment, la marquise va venir ici ?

MARCELINE.

Avec la vieille baronne, sa tante.

MADAME BAVOLET.

Eh bien ! on les recevra. — En attendant, la course

est longue du château au moulin, et il fait chaud. Tu dois avoir soif... nous allons boire une tasse de lait.

MARCELINE.

Ah ! c'est pas de refus ! J'ai marché vite.

MADAME BAVOLET.

Assieds-toi !.. (*Marceline s'assied près de la table.*) Fanchette, si ton pied le permet, va nous chercher une jatte de lait.

FANCHETTE.

J'y cours, Madame.

(*Elle sort en courant.*)
MADAME BAVOLET (*riant*).

Ah ! ah ! comme elle va ! — Et toi, Victoire, des tasses, vite des tasses !

VICTOIRE.

Tout de suite, Madame.

(*Elle sort en courant.*)
MADAME BAVOLET.

Quant à toi, Mélie, ne frotte plus ton œil, c'est inutile... et mets une nappe bien blanche sur cette table.

MÉLIE.

Voilà, Madame !
(*Elle prend une nappe au fond et vient la disposer.*)

MARCELINE.

En voilà du dérangement !

MADAME BAVOLET.

Tu es mon amie, je ne connais que ça.

FANCHETTE (*portant la jatte*).

Voilà le lait, Madame.

VICTOIRE (*entrant*).

Et les tasses !

MADAME BAVOLET.

Merci !.. Attendez, je vais servir (*Elle verse le lait dans les cinq tasses.*) Là !.. goûtez-moi ce lait !

MARCELINE (*buvant*).

Il est délicieux !

MADAME BAVOLET.

Et frais !.. Voilà la vraie vie ! la vie heureuse... douce, paisible !.. Que pourrais-je demander de plus ?..

(*On entend du bruit au dehors : le claquement d'un fouet, les grelots d'une voiture, des cris, etc.*)

MADAME BAVOLET.

Qu'est ce que c'est que ça ?

MARCELINE.

La marquise, probablement.

(*Mélie, Fanchette et Victoire courent à la porte.*)

MÉLIE.

Oui, c'est elle... et la baronne ! Elles descendent de voiture !

VICTOIRE.

Une voiture à deux chevaux !

FANCHETTE.

Avec un postillon !

MÉLIE.

La voici !...

(*Mélie, Fanchette et Victoire se placent de chaque côté de la porte. La marquise et la vieille baronne entrent. On voit au fond quelques villageoises qui regardent curieusement.*)

SCÈNE VI.

LES MÊMES, LA MARQUISE, LA BARONNE.

*(Les servantes s'inclinent. La marquise donne le bras
à sa tante.)*

LA MARQUISE.

Entrez donc, ma tante !... Allons, place... villageoises... place !.. Asseyez-vous, ma tante...

LA BARONNE *(toussant)*.

Hum! Hum!.. Je suffoque!..

(Marceline sort.)

LA MARQUISE.

Eh bien! quand vous aurez fini de nous regarder
d'un air niais!.. Vous ne me connaissez donc pas!..

Couplets (1) :

C'est moi! C'est moi!.. Je suis la marquise,
La marquise de Bois-Mouchet !
Que ce nom seul vous suffise.
Saluez, manants, s'il vous plaît:
Je suis la marquise,
La marquise de Bois-Mouchet!

(Elle fait siffler sa cravache.)

1.

Notre blason, dont je suis fière,
Porte trois tours sur fond d'azur!
Il brille gravé dans la pierre
D'un éclat toujours vif et pur!
Ma noblesse est toute-puissante,
J'ignore les quartiers qu'elle a!
Nous remontons à l'an quarante,
Et même plus haut que cela!

---

1. Musique et accompagnement, même librairie.

REFRAIN.

C'est moi! C'est moi !.. Je suis la marquise,
La marquise de Bois-Mouchet !

etc.

II.

Mes aïeux portaient la bannière
Devant le roi, dans les combats.
Comme eux je suis d'humeur guerrière,
Mais, hélas! je ne me bats pas!
Comme eux, cependant, je me cabre
Au plus petit mot malsonnant;
Et si je n'ai pas un grand sabre...
Ma main sait punir l'insolent!

(Elle fait le geste d'un soufflet avec sa cravache.)

REFRAIN.

C'est moi! C'est moi!.. Je suis la marquise,
La marquise de Bois-Mouchet !
Que ce nom seul vous suffise !
Saluez, manants, s'il vous plaît:
Je suis la marquise,
La marquise de Bois-Mouchet !

LA BARONNE.

Ma nièce, pourquoi m'amenez-vous chez ces petites gens?..

LA MARQUISE.

Ces petites gens savent qui nous sommes, et j'espère qu'ils auront pour nous les égards qui nous sont dus.

LA BARONNE.

Si mes aïeux me voyaient dans une telle société!...

LA MARQUISE *(lorgnant)*.

Non... c'est amusant, ma tante. Regardez toutes ces paysannes, comme elles nous admirent curieusement!..

LA BARONNE *(s'éventant)*.

Ah! fi!.. le peuple!.. Ne me parlez pas du peuple, ma nièce!...

LA MARQUISE (*regardant autour d'elle*).

Eh bien! personne pour nous recevoir?

MADAME BAVOLET (*faisant la révérence*).

Madame la marquise, vous êtes la bienvenue... ainsi que Madame la baronne.

LA BARONNE.

Ah! c'est la petite meunière, ça?

MADAME BAVOLET (*répétant*).

Ça...c'est la petite meunière, oui, Madame la baronne.

LA MARQUISE (*la lorgnant*).

Madame Bavolet, je crois?

MADAME BAVOLET.

Bavolet, oui, Madame la marquise!

LA MARQUISE.

Quel drôle de nom!

MADAME BAVOLET (*un peu ironique*).

Tout le monde ne peut pas s'appeler : de Bois-Mouchet!

LA MARQUISE.

Qu'est-ce à dire?

MADAME BAVOLET.

Je réponds, Madame la marquise!

LA BARONNE (*furieuse*).

En vérité, ces petites gens deviennent d'une hardiesse!...

LA MARQUISE.

Calmez-vous, ma tante!... Marceline vous a annoncé notre visite?...

MADAME BAVOLET.

Oui, Madame la marquise.

LA MARQUISE (*voyant la nappe sur la table*).

Et c'est sans doute pour nous recevoir que vous avez mis cette nappe sur la table ?

MADAME BAVOLET.

Pas du tout, Madame la marquise !

LA BARONNE (*suffoquée*).

Qu'est-ce qu'elle dit ?

MADAME BAVOLET (*avec une révérence.*)

Je dis que ce n'est ni pour Madame la marquise, ni pour Madame la baronne, mais pour des amies à moi !.. Je n'ai pas de château, c'est vrai..., je ne suis pas noble, c'est possible..., mais chez nous, vous savez... on a le cœur sur la main !...

LA BARONNE.

Vous l'entendez, ma nièce ? Elle parle, cette petite, elle parle !...

LA MARQUISE.

Laissez-la dire, ma tante... elle m'amuse !...

MADAME BAVOLET.

Je vous demande pardon, Madame la marquise, mais comme je ne suis pas ici pour vous amuser...

(*Elle veut se retirer*).

LA MARQUISE.

Un instant, donc !... Si nous sommes venues jusque chez vous, ma tante et moi, c'est que nous avions à vous causer.

MADAME BAVOLET.

Je vous écoute !

LA BARONNE.

Mais d'abord, faites retirer tout ce monde..... Je ne

puis supporter toutes ces paysannes autour de moi, et je sens que je vais avoir mes nerfs !...

MADAME BAVOLET.

Très bien !... (*A ses servantes*). Allons, mes enfants, à l'ouvrage, nous avons assez perdu de temps.

(*Tout le monde sort, il ne reste que Madame Bavolet, la marquise et la baronne.*)

◇◇◇◇◇◇◇◇◇◇◇◇◇◇◇◇◇◇◇◇◇◇◇◇◇◇◇◇◇

SCÈNE VII.

LA BARONNE, LA MARQUISE, MADAME BAVOLET.

MADAME BAVOLET.

Maintenant, je suis à vos ordres.

LA BARONNE.

Parlez, ma nièce.

LA MARQUISE.

Moi, ma tante?

LA BARONNE.

Oui, expliquez à cette petite ce dont il s'agit.

LA MARQUISE.

Bien, ma tante. (*A Madame Bavolet*). Ce matin vous êtes venue au château?

MADAME BAVOLET.

Pour du blé, oui, Madame la marquise.

LA MARQUISE.

Pour du blé d'abord, mais vous avez vu aussi notre intendant?

MADAME BAVOLET.

Je l'ai vu !

LA MARQUISE.

Nous avons une grande confiance en lui. Il gère notre fortune et nous approuvons tout ce qu'il fait.

LA BARONNE.

Au fait, ma nièce, au fait.

LA MARQUISE.

Oui, ma tante.*(A madame Bavolet)*.Notre intendant a dû vous dire ce que nous désirions ?

MADAME BAVOLET.

Il me l'a dit.

LA BARONNE.

Eh bien ! petite ?

MADAME BAVOLET.

Eh bien ! il a dû vous dire également que je refusais !..

LA MARQUISE.

Il nous l'a dit !

LA BARONNE.

Mais nous n'avons pas voulu le croire !

MADAME BAVOLET.

C'est pourtant la vérité !

LA MARQUISE.

Vous refusez ?

MADAME BAVOLET.

Je refuse !

LA BARONNE.

Quelle audace !..

LA MARQUISE.

Ce n'est pas possible !.. Notre intendant s'est mal

expliqué, et je suis bien certaine que si vous aviez su que c'était notre désir..

MADAME BAVOLET.

Je le savais... et j'ai refusé tout de même !

LA BARONNE.

Mais pourquoi ne veux-tu pas nous vendre ton moulin ?..

MADAME BAVOLET.

Parce que je veux le garder !.. Est-ce que vous vendriez votre château, vous ?

LA MARQUISE.

Ce n'est pas la même chose. Un moulin n'est pas un château...

MADAME BAVOLET.

C'est le mien !

LA BARONNE.

Mais tu ne comprends donc pas qu'il nous le faut quand même !.. Il masque justement l'avenue qui conduit au perron d'honneur... et ça ne peut pas rester comme ça !..

MADAME BAVOLET.

Vous croyez ? Il faudra pourtant que ça reste comme ça !

LA MARQUISE.

Tu es entêtée... Une vieille bicoque qui ne vaut pas dix écus !..

LA BARONNE.

Et nous t'en offrons cinq cents !..

MADAME BAVOLET.

Gardez-les !

LA MARQUISE.

Mille !

MADAME BAVOLET.

Non !

LA BARONNE.

Deux mille !

MADAME BAVOLET.

Non !

LA MARQUISE.

Trois mille !

LA BARONNE.

Quatre mille !

LA MARQUISE.

Cinq mille !.. cinq mille écus pour quatre murailles...
Voyons... ma chère petite !.. cinq mille... c'est dit ?

MADAME BAVOLET.

Non... non et non !

LA BARONNE.

Par mes aïeux, c'est un peu fort !.. On n'a jamais vu
pareil entêtement ! Je suffoque !.. j'étouffe !.. ,

MADAME BAVOLET.

Là ! là ! calmez-vous !..

LA BARONNE.

Mais ça ne se passera pas ainsi !.. Il me faut ton
moulin... je l'aurai ! dussé-je aller trouver le roi !..

MADAME BAVOLET.

Le roi ne l'aurait pas plus que vous !

LA MARQUISE.

Le roi ?..

MADAME BAVOLET.

Non !..

LA BARONNE.

Mais tu ne sais pas ce que c'est que le roi ?

MADAME BAVOLET.

Ce doit être un homme juste. Son devoir est de protéger tous ses sujets... le pauvre comme le riche, le faible plus encore que le fort !..

LA BARONNE (*suffoquant*).

Mais... mais... mais...

MADAME BAVOLET.

Et si j'ai bonne mémoire... j'ai entendu raconter qu'une fois... attendez... oui, je me souviens...

Couplets (1).

I.

Du temps jadis, un vieil ouvrage
Nous conte cette histoire-ci :
Un roi convoitait l'héritage
Du brave meunier Sans-Souci.
On offrait une forte somme:
Sans-Souci refusait, ma foi !
Il s'obstinait — et voici comme
Il répondit à ce grand roi :

Il lui dit : « Vous êtes le maître,
Vous commandez noble et manant...
Mais cependant... mais cependant...
Ce vieux moulin qui me vit naître,
Vous ne l'aurez pas, notre maître,
   Ni pour or, ni pour argent !.. »

(*Mouvement de la marquise et de la baronne.*)

LA MARQUISE (*parlé*).

Mais...

____

1. Musique et accompagnement. même librairie.

MADAME BAVOLET (*l'interrompant*).

Comme lui, madam' la marquise,
Je garde mon unique bien.
Je vous le dis avec franchise,
Tous vos grands mots n'y feront rien;
Et si même le roi de France
Me priait de le lui donner,
Comme à vous, avec assurance,
Je répondrais sans barguigner.

Je dirais : « Vous êtes le maître,
Vous commandez noble et manant...
Mais cependant... mais cependant...
Ce vieux moulin qui me vit naître,
Vous ne l'aurez pas, notre maître,
   Ni pour or, ni pour argent ! »

MADAME BAVOLET.

Voilà !..

LA MARQUISE.

C'est trop fort !..

LA BARONNE.

C'est incroyable !.. oser nous résister... nous tenir
tête !..

LA MARQUISE.

A moi, la marquise de Bois-Mouchet !

LA BARONNE.

A moi, la baronne de Chanteloup ! Où allons-nous ?
où allons-nous ?

LA MARQUISE.

Ce n'est pas votre dernier mot ?..

MADAME BAVOLET.

Le premier et le dernier ?.... Mais pardon, mon travail ne se fait pas... Permettez-moi d'aller donner un
coup d'œil de ce côté !..

LA MARQUISE (*voulant la retenir*).

Madame Bavolet !

MADAME BAVOLET (*faisant la révérence*).

Votre servante, Mame la marquise !

LA BARONNE.

Petite !.. eh ! petite !..

MADAME BAVOLET (*de même*).

Tous mes respects, Mame la baronne !..
(*Elle sort au fond.*)

SCÈNE VIII.

LA MARQUISE, LA BARONNE.

LA BARONNE (*furieuse*).

Par mes aïeux ! elle se moque de nous !..

LA MARQUISE (*essayant de la calmer*).

Voyons, ma tante, calmez-vous !..

LA BARONNE.

Je ne peux pas... j'étouffe... j'enrage...
(*Elle tousse fortement.*)

LA MARQUISE (*faisant siffler sa cravache*).

Ah ! je cravacherais bien quelqu'un !..

LA BARONNE (*essayant de la calmer à son tour*).

Voyons, ma nièce, calmez-vous !

LA MARQUISE (*marchant à grands pas*).

Mais j'y mettrai le feu, à son moulin !.. Je suis
furieuse !

LA BARONNE.

Ma nièce !..

LA MARQUISE.

Soyez-donc noble!.. riche !.. marquise !.. pour qu'une petite meunière vienne vous résister !..

LA BARONNE.

Notre roi bien-aimé Louis XV est trop bon !..

SCÈNE IX.

LA BARONNE, LA MARQUISE, MARCELINE.

MARCELINE *(entrant essoufflée)*.

Ah ! enfin...

LA MARQUISE *(de mauvaise humeur)*.

Eh bien ! qu'est-ce qu'il y a ?

LA BARONNE.

Marceline !.. on ne peut pas être un moment en colère sans qu'on vienne vous déranger !..

LA MARQUISE *(faisant siffler sa cravache)*.

Pourquoi venez-vous ?

MARCELINE *(reculant)*.

Madame la Marquise !

LA BARONNE.

On ne vous a pas appelée !

MARCELINE.

Madame la baronne !

LA MARQUISE.

Laissez-nous !..

MARCELINE.

Mais c'est une lettre...

LA BARONNE.

Une lettre ?...

MARCELINE.

Qu'un courrier apporte, à franc étrier, de la ville.

LA MARQUISE.

Et où est cette lettre ?

MARCELINE.

Dans ma poche ! (*Elle la prend.*) La voici !

LA BARONNE (*sans la prendre*).

Eh bien ! est-ce de cette façon qu'on présente une lettre ?

LA MARQUISE.

Où est votre plateau ?

MARCELINE.

Mon plateau... je n'ai pas pensé à en prendre... et puis j'étais sur la route...

LA BARONNE.

C'est vrai, nous ne sommes pas chez nous..! Eh bien ! prenez quelque chose pour le remplacer !..

MARCELINE.

Quelque chose ?. (*Elle cherche autour d'elle.*) Ah ! j'ai trouvé... (*Elle prend un tamis et met la lettre dedans.*) Voilà, Madame la baronne.

LA BARONNE (*indignée*).

Un tamis !

LA MARQUISE (*de même*).

Un tamis !..

MARCELINE.

Il n'y a pas de plateau d'argent ici !

LA BARONNE *(prenant la lettre).*

Enfin... D'où vient cette lettre ?.. *(Elle la décachette.)* « Madame... la baronne... Je vous donne...» Je ne peux pas lire... je pense toujours à cette madame Bavolet... et la colère fait trembler mes lunettes... *(Donnant la lettre à la marquise.)* Tenez !.. ma nièce, lisez !..

LA MARQUISE *(prenant la lettre).*

Voyons... Elle est signée du lieutenant de police !..

LA BARONNE *(étonnée).*

Du lieutenant de police !..

LA MARQUISE *(lisant).*

« Madame la baronne, je vous donne avis que votre intendant...

LA BARONNE.

Brave homme !..

LA MARQUISE *(lisant).*

...Vient de se sauver en emportant toutes vos valeurs...

LA BARONNE *(qui croit avoir mal entendu).*

En emportant quoi ?

LA MARQUISE.

...Toutes vos valeurs d'argent !.. Je donne ordre de le poursuivre, et de l'arrêter... si on le rattrape !.. »

LA BARONNE *(agitée).*

Si on le rattrape !.. Mais on ne le rattrapera pas ... Quand est-il parti ?

LA MARQUISE *(lisant).*

...Ce matin après notre départ !

LA BARONNE.

Mais alors, nous sommes ruinées !.. Ruinées, ma nièce !

LA MARQUISE.

Du courage, il nous reste le château !

LA BARONNE.

Heureusement !.. S'il avait pu l'emporter, il l'aurait fait... Quel sacripant ! Et encore, il nous faudra le vendre, notre château... Vous savez bien que nous devons vingt mille livres !..

LA MARQUISE.

C'est vrai ! Bah ! consolez-vous ! nous vivrons dans une ferme !... Nous élèverons des poules... nous filerons de la laine en gardant nos moutons !

LA BARONNE.

Vous ! une Bois-Mouchet ! moi, une Chanteloup ! garder des moutons ?..

LA MARQUISE.

Ça nous changera !...

(La baronne est anéantie, la marquise cherche à la consoler).

MARCELINE.

Pauvre marquise ! qué malheur !...

(Entre Madame Bavolet.)

—◇—

SCÈNE X.

LES MÊMES, MADAME BAVOLET.

MADAME BAVOLET *(entrant).*

Eh bien ! qu'est-ce qu'il y a ?

MARCELINE *(navrée).*

Ah ! ma chère, si tu savais !...

MADAME BAVOLET.

Quoi donc ?

MARCELINE.

L'intendant !...

MADAME BAVOLET.

Eh bien ?

MARCELINE.

Parti !...

MADAME BAVOLET.

Avec la caisse ?

MARCELINE.

Oui !

MADAME BAVOLET.

Alors, elles sont ruinées ?

MARCELINE.

Voilà !...

MADAME BAVOLET (*s'approchant*).

Voyons, Madame la baronne ; voyons, Madame la marquise...faut pas vous désoler... c'est un grand malheur... mais enfin... on n'en meurt pas !

LA BARONNE.

Tiens !... elle a de bons sentiments, cette petite !

MADAME BAVOLET.

On est heureux sans argent, allez ! Regardez-moi... est-ce que je ne suis pas heureuse sans beaucoup d'or ?... Vous ferez comme moi !

LA MARQUISE.

Merci, Madame Bavolet !...

MADAME BAVOLET.

Vous ne m'en voulez plus ?

LA MARQUISE.

De quoi ?

MADAME BAVOLET.

De vous avoir refusé mon moulin ?

LA MARQUISE.

Nous n'aurions pas eu de quoi vous le payer !.. Nous serons même obligées de vendre notre château !

MADAME BAVOLET.

Quel dommage ! Un si beau château !..

◆─◇─◇─◇─◇─◇─◇─◇─◇─◇─◇─◇─◇─◇─◇─◇─◇─◇─◆

SCÈNE XI.

LES MÊMES, LA MÈRE GRIVET, puis FANCHETTE, VICTOIRE, MÉLIE.

LA MÈRE GRIVET (*très essoufflée*).

C'est vous que je cherche, Madame Bavolet... Un moment... que je respire... j'ai tant couru!...

MADAME BAVOLET.

Vous venez pour votre blé ?.. Il n'est pas encore prêt !

LA MÈRE GRIVET.

Il s'agit bien d'autre chose... il vient d'arriver un notaire de Paris... pour vous... il est dans le village !..

MADAME BAVOLET (*étonnée*).

Un notaire ?.. Pourquoi ?

LA MÈRE GRIVET.

Vous savez bien... votre tante ?..

MADAME BAVOLET.

Oui...ma tante !.. Mais parlez donc... Où est-elle ?

LA MÈRE GRIVET.

Elle est morte !..

MADAME BAVOLET.

Ah ! pauvre tante !

LA MÈRE GRIVET.

Elle a fait un testament... vous héritez !

MADAME BAVOLET.

Vous dites ?

LA MÈRE GRIVET.

Vous héritez de cinquante mille écus de rente...
c'est le notaire qui me l'a dit !

LA MARQUISE.

Cinquante mille écus !

LA BARONNE.

A elle ?

MADAME BAVOLET (*éblouie*).

A moi ?... Allons donc !...

LA MÈRE GRIVET.

Le notaire vous attend !

MADAME BAVOLET.

Le notaire ! Cinquante mille écus ! (*Courant de l'une
à l'autre.*) Ah ! mère Grivet ! Ah ! Marceline ! Ah !
baronne ! Ah ! marquise... Attendez... j'ai peur de
m'évanouir !.. Mais alors, je suis riche !. riche... très
riche !.

FANCHETTE, VICTOIRE, MÉLIE (*ouvrant de grands
yeux*).

Est-ce possible ?...

MADAME BAVOLET.

Certainement !.. (*Marchant gravement.*) Il me semble que ça se voit !..

LA MARQUISE.

Je vous félicite !

MADAME BAVOLET (*avec importance*).

Merci, marquise !

LA BARONNE.

Tous mes compliments !

MADAME BAVOLET (*de même*).

Merci, baronne ! Quant à moi, soyez tranquille, les richesses ne me changeront pas. Je ne serai pas fière comme vous ! J'achète votre château !

LA MARQUISE.

Notre château !...

MADAME BAVOLET (*d'un air hautain*).

Tout de suite ! Mon intendant vous comptera la somme !...

LA BARONNE.

Vraiment ?

MADAME BAVOLET.

Eh oui !.. Mère Grivet, conduisez-moi à ce notaire !.. Allons, petites, laissez-moi passer !... Sans adieu, baronne! Au revoir, marquise !..

(*Elle sort majestueusement par la porte.*)

LA MÈRE GRIVET (*à part*).

Quand je le disais qu'elle ferait comme les autres !

⚬ ⚬

Fin du premier acte.

ACTE DEUXIÈME.

Un riche salon du château de la marquise de Bois-Mouchet. Portes au fond, à droite et à gauche. Des tentures à toutes les portes. Un canapé à gauche. Une petite table au milieu, sur laquelle se trouve un service à déjeuner : tasses, sucrier, théière, etc... Fauteuils, meubles de toutes sortes, aussi luxueux que possible.

SCÈNE PREMIÈRE.

MÉLIE, FANCHETTE, VICTOIRE.

VICTOIRE *(près de la table).*

Le sucrier de Madame Bavolet.

FANCHETTE *(apportant une tasse) !*

La tasse de Madame Bavolet.

MÉLIE *(apportant la théière).*

Et la *bouillotte* à thé de Madame Bavolet !

FANCHETTE *(exécutant ce qu'elle dit).*

Maintenant , approchons le fauteuil de Madame Bavolet.

MÉLIE.

Avec le tabouret de Madame Bavolet !

VICTOIRE.

Et le coussin de Madame Bavolet.

MÉLIE.

Je crois que la patronne sera contente !

VICTOIRE.

Si Madame t'entendait !.. Tu sais bien qu'elle a défendu qu'on l'appelle la patronne... Faut l'appeler Madame Bavolet !

MÉLIE.

Avec respect !

FANCHETTE.

Et si elle ne se fait pas appeler Madame la marquise... c'est pas l'envie qui lui en manque.

MÉLIE.

C'est égal... en voilà du changement depuis deux jours !...

VICTOIRE (*regardant autour d'elle*).

C'est-y beau, ici!... non, mais c'est-y beau !...

FANCHETTE.

Et nous donc ?.. sommes-nous t'y pas bien habillées ?

MÉLIE.

Moi, j'ose plus bouger !...

VICTOIRE.

Je suis joliment contente d'avoir quitté le moulin !... Au moins, ici, on ne travaille pas trop, et on peut se reposer à son aise !...

(*Elle s'assied dans un fauteuil.*)

FANCHETTE.

Prends garde !... Si Madame te voyait user les meubles !...

VICTOIRE.

Bah ! il n'y a pas de danger... elle dort encore !...

MÉLIE.

A dix heures du matin !... Quand je pense qu'elle était toujours levée avant le soleil !...

FANCHETTE.

C'est possible... mais quand on a fait un héritage de cinquante mille écus de rente !...

VICTOIRE.

Combien ça fait-il de sous, cinquante mille écus ?

MÉLIE.

Je ne sais pas... mais ça en fait joliment !...

SCÈNE II.

LES MÊMES, MARCELINE.

MARCELINE (*entrant*).

Est-ce que la patronne est levée ?

LES TROIS AUTRES.

Chut !...

MARCELINE (*étonnée*).

Quoi donc qui y a ?

VICTOIRE.

Madame a bien défendu de l'appeler patronne !

MARCELINE.

Ah !... Je venais lui demander si elle peut recevoir la mère Grivet ?

FANCHETTE (*avec dédain*).

La mère Grivet ?

MARCELINE.

Elle a quelque chose à lui dire.

VICTOIRE (*haussant les épaules*).

Déranger Madame pour la mère Grivet !...

MARCELINE.

Enfin, ça ne te regarde pas, toi !... fais donc ton service !

VICTOIRE.

C'est bien... on y va !... La mère Grivet !... Oh !...
(Elle entre à droite.)

MARCELINE.

Que c'est donc beau, ici ! que c'est donc beau !... Ça me fait bien plaisir tout de même de voir la fortune qui arrive à Claire.

FANCHETTE.

Claire ?... qui ça, Claire ?

MARCELINE.

Eh bien ! mon amie Claire, donc !... Claire Bavolet !...

FANCHETTE et MÉLIE.

Chut !...

MARCELINE *(étonnée)*.

Quoi donc encore ?

FANCHETTE.

Madame a bien défendu de l'appeler Claire !... Vous pouvez bien dire Madame Bavolet ?

MARCELINE.

Oh !... les autres, oui... mais moi, une amie d'enfance !

VICTOIRE *(revenant)*.

Madame est désolée ! Madame fait dire à la mère Grivet... *(Avec dédain.)*.. la mère Grivet... que Madame a ses vapeurs, et qu'elle ne peut pas recevoir.

MARCELINE *(sans comprendre)*.

Qu'est-ce qu'elle a ?

VICTOIRE.

Ses vapeurs ?... Ses nerfs !...

MARCELINE.

Qu'est-ce que c'est que ça ?

VICTOIRE *(avec importance)*.

C'est une maladie des dames riches, vous ne pouvez pas connaître ça !

MARCELINE *(naïvement)*.

Bon... Je vas dire ça à la mère Grivet... Ses vapeurs... Pauvre Claire!... elle doit bien souffrir !...

(Elle sort.)

VICTOIRE.

Si elle croit que Madame va se déranger pour une mère Grivet !...

MARCELINE *(revenant)*.

Elle dit qu'elle reviendra, la mère Grivet. — Voyons, et moi... peut-elle me recevoir ?

FANCHETTE.

Je ne crois pas !

MARCELINE.

Vous ne croyez pas... vous ne croyez pas... allez donc le lui demander !.

FANCHETTE.

C'est bien inutile... mais puisque vous y tenez !.

(Elle entre à droite.)

MARCELINE *(aux autres)*.

Faut que je sache si elle consent à me garder comme jardinière..., puisque le château lui appartient.

MÉLIE.

Oui, mais il n'est pas encore payé... c'est aujourd'hui

que Madame doit remettre ses titres au notaire pour avoir droit à l'héritage.

VICTOIRE.

Faut qu'elle prouve comme quoi c'est bien elle qu'est madame Bavolet, la nièce de sa tante !

MARCELINE.

Est-ce qu'il y en aurait d'autres que Claire... *(Se reprenant)* que Madame Bavolet ?

MÉLIE.

On ne sait pas... vous savez, quand on doit hériter... de quelqu'un... il y a toujours un tas de parents... il y en a plus que quand il n'y a rien !..

VICTOIRE.

Ça, c'est vrai !

FANCHETTE *(revenant)*.

Madame est désolée !.. Désolée !.. Madame fait dire à Madame Marceline que Madame a sa migraine... et qu'elle ne peut pas la recevoir !..

MARCELINE.

Sa migraine, à cet' heure !.. Qu'est-ce encore que ça ?..

FANCHETTE.

Une autre maladie des dames riches !..

MARCELINE.

Encore une !..

FANCHETTE.

C'est la mode à la cour !..

MARCELINE *(un peu fâchée)*.

Ah ! c'est des maladies à la mode !.. Ça passe quand la mode passe !.. Tant mieux... tant mieux... Enfin je reviendrai. Mes respects à Claire !.

FANCHETTE (*la reprenant*)

Madame Bavolet !

MARCELINE (*gravement*).

Oh ! c'est juste !.. (*Avec un respect exagéré.*)
Madame Bavolet !.. (*A part.*) Comme elle a changé !..

(*Elle sort.*)

SCÈNE III.

LES MÊMES, puis Mme BAVOLET.

VICTOIRE.

Est-ce que Madame est levée ?

FANCHETTE.

Et habillée... Elle va venir.

MÉLIE.

Tout est prêt pour la recevoir !..

VICTOIRE.

La voici !..

(*Entre Madame Bavolet en toilette. Elle est un peu
gênée et a peur de chiffonner ses beaux habits. Sa démarche, son langage, ses manières ont complètement
changé : elle imite le plus possible la marquise de Bois-
Mouchet, avec un peu de charge comique.*)

Récitatif (1).

MÉLIE.

C'est elle !..

VICTOIRE.

Oui, c'est la meunière !

FANCHETTE.

Madame Bavolet ?

___

1. Musique et accompagnement, même libraire, fr. 0-50.

FANCHETTE.

Madame Bavolet ?

MÉLIE.

Vraiment !

VICTOIRE.

Quelle démarche haute et fière !

MÉLIE.

Faut la recevoir dignement !

MADAME BAVOLET (*riant et s'admirant*).

Ah ! ah ! ah ! ah !

LES SERVANTES (*saluant très bas*).

Bonjour ! bonjour !

MADAME BAVOLET (*riant*).

Voilà ma cour !

LES SERVANTES (*saluant*).

Bonjour ! bonjour !

MADAME BAVOLET.

Bonjour ! bonjour !
Comment me trouvez-vous ?

LES SERVANTES.

Admirable ! parfaite !...
Quelle belle toilette !..

MADAME BAVOLET (*se tournant de tous côtés*).

N'est-ce pas entre nous ?

Couplets.

1.

Voyez cette robe si belle
Et ces paniers brochés d'or fin !
Ce corsage est en brocatelle

Et cette jupe est en satin !
Dans ces atours quand je m'admire,
Je ne sais vraiment pas, ma foi !...
S'il faut parler ou ne rien dire;
Si c'est moi... si ce n'est pas moi !

(Pendant la ritournelle, elle fait admirer ses habits de plus près, et cherche à prendre les allures d'une grande dame.)

II.

Vîtes-vous un plus beau costume ?
Regardez ce beau bracelet !
Admirez cette toque à plume !...
Et ces souliers de fin droguet..
Dans ces atours quand je m'admire,
Je ne sais vraiment pas, ma foi !
S'il faut parler ou ne rien dire...
Si c'est moi... si ce n'est pas moi !

MADAME BAVOLET *(très maniérée).*

Ah ! que j'ai mal dormi !... Je suis toute souffrante ce matin !

VICTOIRE.

Oh ! Madame !...

MADAME BAVOLET.

Non... vraiment... je dois être pâle?

FANCHETTE.

Madame est fraîche comme une rose !..

MADAME BAVOLET.

Tu me flattes, petite, tu me flattes !..

MÉLIE.

Si Madame voulait déjeuner ?

MADAME BAVOLET.

Déjeuner?.. Est-ce que je pourrais déjeuner ?.. Enfin, essayons. *(Elle s'assied.)* Dieu ! qu'on est mal dans ces fauteuils! Ces coquins de tapissiers nous volent comme dans un bois !.. Mais nous n'y pouvons rien... et puis, lorsqu'on est riche comme moi, il faut bien se laisser voler un peu !..

FANCHETTE.

Madame veut-elle du beurre ?..

MADAME BAVOLET *(prenant une énorme tartine).*

Du beurre !.. En vérité, je ne sais... je n'ai pas faim !.. *(Elle mange au contraire beaucoup.)* Je sais qu'il est de mauvais genre de trop manger .. Aussi je mange très peu !.. *(Elle boit et mange comme quatre.)* Comment, vous n'avez plus de brioches ?

VICTOIRE.

Il y en avait trois, Madame !

MADAME BAVOLET.

Trois ?.. C'est impossible, petite !.. Je n'ai pas faim... mais allez m'en chercher deux ou trois autres...

VICTOIRE.

Bien, Madame !..

(Elle remonte.)

MADAME BAVOLET.

Eh ! petite !

VICTOIRE *(revenant).*

Madame ?

MADAME BAVOLET.

Apportez-en quatre !..

VICTOIRE.

Quatre?.. Bien, Madame ! *(A part.)* Elle n'a pas faim !.. Qu'est-ce que ce serait alors si elle avait faim ?..

(Elle sort.)

MADAME BAVOLET *(à Fanchette).*

Servez-moi, petite ! *(Fanchette la sert.)* Assez... Mon Dieu! qu'on est mal servie ! .

FANCHETTE.

Mais, Madame...

MADAME BAVOLET.

Taisez-vous !.. Vous oubliez à qui vous parlez !.. *(A Mélie.)* Mélie, dites à ma femme de chambre de dire au cocher d'atteler mon carrosse... Après déjeuner j'irai faire une promenade !..

MÉLIE.

Bien, Madame !

(Elle sort.)

MADAME BAVOLET.

Ça m'ennuie bien d'aller en voiture.. Je préférerais marcher, mais une personne de ma condition ne peut pas aller comme les petites gens !

VICTOIRE *(revenant avec une petite corbeille).*

Voilà les brioches, Madame !.. *(A part.)* J'en ai mis six !

MADAME BAVOLET.

Oh ! je n'ai pas faim !

(Elle mange.)

VICTOIRE.

Madame, la marquise de Bois-Mouchet et la baronne sa tante demandent si Madame peut les recevoir...

MADAME BAVOLET.

Elles ne me laisseront pas déjeuner tranquillement ?

VICTOIRE.

Elles sont en bas... faut-il les faire monter?

(Mélie revient.)

MADAME BAVOLET.

Sans doute !.. Seulement vous les prierez de m'attendre un moment dans ce salon... Il est de bon ton de faire attendre... Je vais aller achever de déjeuner dans ma chambre... Emportez la corbeille !..

(Mélie prend la corbeille et entre a droite.)

MÉLIE *(prenant une brioche)*.

Elles sont bonnes !

MADAME BAVOLET.

Vous m'excuserez auprès de la marquise et de sa tante, mais je suis occupée... très occupée !...

(Elle entre à droite.)

SCÈNE IV.

FANCHETTE, VICTOIRE, LA MARQUISE, LA BARONNE.

VICTOIRE *(introduisant la marquise et la baronne)*.

Si Madame la baronne et Madame la marquise veulent se donner la peine d'entrer ?

LA MARQUISE.

Eh bien ! où est donc Madame Bavolet ?

VICTOIRE.

Madame va venir... elle déjeu... *(Se reprenant.)* Elle est très occupée !...

LA BARONNE *(outrée)*.

Elle nous fait faire antichambre !... Comprenez-vous cela, ma nièce ? elle nous fait faire antichambre !

LA MARQUISE.

Contenons-nous, ma tante, vous savez que nous avons besoin d'elle !...

LA BARONNE.

Ah ! sans ça !... Quand on pense qu'hier encore ce n'était qu'une petite meunière !...

LA MARQUISE.

Oui, mais elle a aujourd'hui cinquante mille écus de rente...!

LA BARONNE.

Et nous sommes ruinées, nous !...

LA MARQUISE.

C'est la vie, ma tante, c'est la vie !...

LA BARONNE.

Ce n'est pas amusant, ma nièce. Dire qu'il va falloir quitter ce château!...*(Avec emphase.)* le château de nos ancêtres !..

LA MARQUISE.

Ah ! ce n'est pas le château que je regrette... Ce sont mes bois... mes grands bois où j'aimais à me promener à cheval !.. *(Avec une colère comique.)* Sapristi !.. sapristi !.. *(Elle fait siffler sa cravache.)* si je tenais notre intendant !..

LA BARONNE.

Tout n'est peut-être pas encore perdu ; j'attends un courrier du lieutenant de police.

LA MARQUISE.

Vous l'attendrez longtemps !.. Heureusement que Madame Bavolet a bien voulu consentir à nous laisser l'aile droite du château !..

LA BARONNE.

Oui, mais elle se fait bien attendre, Madame Bavolet ! Une péronnelle !..

LA MARQUISE.

Taisez-vous... la voici !..

SCÈNE V.

LES MÊMES, MÉLIE, MADAME BAVOLET.

MÉLIE *(annonçant).*

Madame *de* Bavolet !..

LA MARQUISE.

Plaît-il ?

LA BARONNE.

Elle a dit ?

MADAME BAVOLET *(avec un sourire indulgent).*

Mais non... mais non... *(A la marquise et à la baronne.)* Cette petite est folle !.. Je sais bien que je pourrais être noble aussi bien qu'une autre...*(Elle se pose.)* mais enfin, je ne suis encore que Madame Bavolet, tout simplement !

LA MARQUISE *(bas à la baronne).*

Elle est ridicule !..

LA BARONNE *(bas).*

Quel ton commun !..

MADAME BAVOLET *(affectant de grandes manières).*

Mais, en vérité, je ne sais où j'ai la tête !.. Allons, petite, avancez des chaises...*(Se reprenant)* non, des sièges à ces dames !..

LA MARQUISE *(ironique).*

Mille grâces !

(Les servantes avancent des fauteuils.)

MADAME BAVOLET *(sans comprendre).*

Oh ! une suffit !...

LA MARQUISE.

Quoi, une suffit ?

MADAME BAVOLET.

Vous dites : mille grâces ! je réponds : une suffit!...

LA MARQUISE (*se mordant les lèvres pour ne pas rire*).

Ah ! bon, je ne comprenais pas !..

MADAME BAVOLET.

Il n'y a pas d'offense !..

LA BARONNE.

Oh !.. ce ton !,

MADAME BAVOLET.

Et qu'est-ce qu'il y a pour votre service ?

LA BARONNE.

Vous dites ?

MADAME BAVOLET (*se reprenant*).

Oh ! pardon, je voulais dire : A quoi dois-je l'honneur de votre visite ?

LA BARONNE.

Nous venions, ma nièce et moi, vous parler de ce château. Vous avez offert de nous l'acheter !..

MADAME BAVOLET.

Je suis si riche !

LA BARONNE.

Nous avons consenti... mais le prix n'a pas été fixé !

MADAME BAVOLET (*avec dédain*).

Le prix ?.. oh ! baronne, ne me parlez pas de ces misères-là !.. Vous fixerez vous-même, et mon notaire paiera !

LA MARQUISE.

Cependant, il me semble...

MADAME BAVOLET.

Non, laissons cela !.. J'espère que vous me ferez le plaisir de manger la soupe avec moi !.. à la bonne franquette !

LA MARQUISE.

La soupe ?

LA BARONNE.

A la bonne franquette ?

MADAME BAVOLET *(se reprenant)*.

Oh ! pardon, je voulais dire : casser la croûte !..

LA MARQUISE *(pouffant de rire)*.

Casser la croûte ?

MADAME BAVOLET *(se reprenant, confuse)*.

Enfin, déjeuner avec moi, quoi !..

LA BARONNE *(froidement)*.

Sans doute...sans doute... Seulement...

LA MARQUISE *(de même)*.

Il nous est impossible !..

LA BARONNE.

Absolument impossible !..

MADAME BAVOLET *(étonnée)*.

Vous refusez ?

LA MARQUISE.

Avec mille regrets, mais...

MADAME BAVOLET.

Vous savez qu'il y a un gigot ?

LA BARONNE.

Vraiment ?

MADAME BAVOLET.

Et un lapin !.. Et un gâteau !..

LA MARQUISE.

C'est magnifique, mais nous ne pouvons pas !..

MADAME BAVOLET.

Tant pis... je mangerai mon gigot toute seule !..

LA BARONNE (*à part*).

Quelle audace! nous inviter à dîner !..

MADAME BAVOLET.

Mais vous ne m'avez encore rien dit de ma toilette ?.. Comment me trouvez-vous ?..

LA MARQUISE.

Oh ! très bien !.. très bien !..

MADAME BAVOLET.

Elle coûte cher, vous savez ! Voilà du satin (*Elle montre sa jupe.*) qui me revient à deux écus l'aune !..

LA BARONNE.

Vraiment ?

MADAME BAVOLET.

Et ce corsage à trois écus... Je l'ai peut-être payé un peu cher, mais je ne marchande pas... je laisse cela aux petites gens de rien du tout !..

LA MARQUISE.

Vous avez raison.

MADAME BAVOLET.

N'est-ce pas ?..On est distinguée ou on ne l'est pas...

LA BARONNE (*s'efforçant de garder son sérieux*).
Et vous l'êtes superlativement !

MADAME BAVOLET.
Oui, superla... comme vous dites !..

LA MARQUISE.

On dirait que vous avez été riche toute votre vie !

MADAME BAVOLET.

Oh ! moi, j'étais née pour vivre dans le grand monde. Je sais bien qu'il y a deux jours encore, j'étais une simple meunière, je ne l'oublie pas, mais ce n'était pas ma vraie place... Ma place est ici... dans mon château... (*Se reprenant.*) dans votre château... non, je dis bien, dans mon château, puisque je vous l'achète. Et même, entre nous... il n'est pas très beau votre château !..

LA MARQUISE.

Comment ?

LA BARONNE (*indignée*).

Pas beau !.. le château de mes ancêtres !..

MADAME BAVOLET.

Il est un peu vermoulu le château de vos ancêtres ! Mais ça ne fait rien... je l'arrangerai... je veux des dorures partout... partout... partout.. !

LA MARQUISE (*ironique*).

Cé sera bien joli !

MADAME BAVOLET.

Vous n'aviez pas assez d'argent, vous, mais moi !.. Et puis autre chose : Tout à l'heure de la fenêtre de ma chambre, je regardais dans le parc...il y a là une très belle avenue... très belle... seulement j'ai aperçu au bout de cette avenue... une masure qu'il faudra faire démolir !..

LA MARQUISE.

Une masure ?

LA BARONNE.

Au bout de l'avenue ?

MADAME BAVOLET.

Oui... une bicoque...

LA BARONNE.

Mais c'est votre moulin !

MADAME BAVOLET.

Mon moulin ?

LA MARQUISE.

Oui, le moulin que nous voulions vous acheter et que vous refusiez de nous vendre !..

LA BARONNE.

Eh quoi ! vous ne vous souvenez plus ?

LA MARQUISE.

Ce moulin que vous auriez même refusé au roi... ce sont vos paroles !..

(Elle reprend le refrain du premier acte.)

Je dirais : Vous êtes le maître...
Vous commandez noble et manant !..
Mais cependant... mais cependant,
Ce vieux moulin qui me vit naître...
Vous ne l'aurez pas, notre maître :
Ni pour or, ni pour argent !

Voilà ce que vous disiez !..

MADAME BAVOLET.

C'est vrai, mais ce n'est pas la même chose... je ne le vends pas... je le fais abattre !.. Puisque maintenant j'ai un château !..

LA BARONNE.

A votre aise !..

LA MARQUISE.

Permettez-nous de prendre un congé de vous... ma tante attend un courrier du lieutenant de police...

MADAME BAVOLET.

Est-ce qu'on a rattrapé votre intendant !

LA MARQUISE.

Non... mais tout espoir n'est pas perdu... et vous comprenez notre impatience !..

MADAME BAVOLET *(naïvement)*.

Espérons qu'on ne le rattrapera pas !..

LA BARONNE.

Comment ?

MADAME BAVOLET.

Tiens !.. vous reprendriez votre château... et comme j'y suis déjà habituée !..

LA MARQUISE *(ironique)*.

Oh !.. il vous resterait votre moulin !..

LA BARONNE *(de même)*.

Il n'y a pas si longtemps que vous l'avez quitté !..

LA MARQUISE *(de même)*.

Pour l'avoir tout à fait oublié !

LA BARONNE *(avec une grande révérence)*.

Au revoir, Madame Bavolet !..

LA MARQUISE *(de même)*.

Au revoir, Madame *de* Bavolet !.. *(Aux servantes avec autorité.)* Reconduisez-nous, petites !..

(Elles sortent accompagnées respectueusement par les servantes.)

SCÈNE VI.

MADAME BAVOLET *(seule)*.

Elles s'en vont !..Et elles se moquent de moi !.. *(Avec colère.)* Oh ! ce moulin !.. ce moulin.. ! c'est lui qui est

cause de tout ?.. Meunière !.. Eh bien ! oui, j'ai été
meunière !.. Je le sais et ce n'est pas la peine de me le
rappeler !.. Mais je ne la suis plus !.. Je suis riche !.. Et
je saurai bien le faire voir !.. Oh ! cette baronne, cette
marquise... je veux les écraser... les éblouir de mon
luxe..! Elles verront ! elles verront... Meunière !.. Et
d'abord, ce moulin, je veux le faire abattre... et pas
demain... aujourd'hui même... Pauvre moulin pourtant !.. J'étais si heureuse entre ses quatre murailles
nues !..Allons!.. pas de faiblesse...elles m'ont humiliée...
je veux me venger... Oh ! je suis d'une fureur... Si je
pouvais passer ma colère sur quelqu'un..!

SCÈNE VII.

MADAME BAVOLET, MÉLIE, puis
MARCELINE.

MÉLIE.

Madame, Marceline demande si Madame peut la
recevoir !..

MADAME BAVOLET.

Marceline !... Qu'elle entre !... (*Mélie sort.*) Elle
paiera pour les autres, celle-là !..

MARCELINE (*entrant vivement*).

Ah ! enfin !.. Je savais bien que tu me recevrais !..

MADAME BAVOLET (*avec hauteur*).

Qu'est-ce à dire ?

MARCELINE.

Je venais te féliciter du bonheur qui t'arrive et te
dire combien j'en suis heureuse pour toi !..

MADAME BAVOLET.

Pardon, ma brave femme, vous vous oubliez ! .

MARCELINE.

Tu dis ?..

MADAME BAVOLET.

Je dis que votre familiarité me déplaît...

MARCELINE *(avec bonhomie)*.

Ma familiarité !.. Parce que tu es riche ?.. Mais ça ne me gêne pas !..

MADAME BAVOLET.

Je le vois bien !.. Mais je vous prie de parler autrement.

MARCELINE.

C'est à moi que tu dis cela ?.. A moi, ton amie d'enfance ?.. A moi qui, il y a deux jours encore, buvais une tasse de lait dans ton moulin ?..

MADAME BAVOLET *(agacée)*.

Mon moulin !.. Encore ?..

MARCELINE.

Tu veux rire ?..

MADAME BAVOLET.

Je ne ris pas !.. et je vous répète que vous devez me parler respectueusement, comme on parle à une personne de ma qualité et de ma valeur !..

MARCELINE *(stupéfaite)*.

Ah !.. c'est donc vrai ?.. Tu es... non, vous êtes si changée ?.. Excusez-moi, Madame, je ne pouvais savoir!

MADAME BAVOLET.

Enfin que désirez-vous ?.. que demandez-vous ?..

MARCELINE.

Je venais vous demander de me conserver ma place de jardinière du château... puisqu'il vous appartient à cette heure...

MADAME BAVOLET.

Soit !.. vous garderez votre place...

MARCELINE.

Merci, Madame !...

MADAME BAVOLET.

Maintenant, puisque vous êtes à mon service, vous allez courir de suite au village. Vous amènerez tous les maçons que vous trouverez... et vous leur direz de démolir de suite cette masure qui est au bout de cette avenue !

MARCELINE.

Quelle masure ?

MADAME BAVOLET (*la montrant par la fenêtre*).

Là-bas... avec des ailes !..

MARCELINE (*étonnée*).

Ton moulin ?..

MADAME BAVOLET (*avec hauteur*).

Vous dîtes ?

MARCELINE (*se reprenant*).

Oh ! pardon... je disais... j'y cours, Madame... j'y cours !..

MADAME BAVOLET.

Et qu'il n'en reste pas une pierre ce soir !..

MARCELINE.

Bien, Madame !.. (*A part.*) Pauvre Moulin-Joli !.. Ça fend le cœur...

MADAME BAVOLET (*se retournant*).

Eh bien ?

MARCELINE (*s'inclinant*).

J'y vais, Madame, j'y vais !.. (*A part en sortant.*)

Et pauvre Claire !.. Quel malheur qu'elle soit devenue riche !..

(Elle sort.)

MADAME BAVOLET.

Lorsqu'il n'existera plus... on n'en dira plus rien de ce moulin maudit !..

SCÈNE VIII.

MADAME BAVOLET, VICTOIRE, puis

LA MÈRE GRIVET.

VICTOIRE.

Madame !..

MADAME BAVOLET.

Quoi encore ?

VICTOIRE.

C'est la mère Grivet qui demande...

MADAME BAVOLET.

La mère Grivet !.. Je n'y suis pas !

VICTOIRE.

Mais, Madame...

MADAME BAVOLET.

Je ne veux pas la recevoir !

VICTOIRE.

C'est qu'elle insiste... elle dit qu'elle a quelque chose à dire à Madame !..

MADAME BAVOLET *(en colère)*.

Oui, sans doute, me parler encore de mon moulin !.. Qu'elle attende... Je rentre chez moi !..

(Elle sort en faisant claquer la porte.)

VICTOIRE.

Qu'est-ce qu'elle a donc ?.

LA MÈRE GRIVET *(paraissant)*.

Eh bien ! Victoire... et la réponse ?

VICTOIRE.

Madame ne peut pas vous recevoir !..

LA MÈRE GRIVET.

Mais c'est très important !..

VICTOIRE.

Je le lui ai dit !

LA MÈRE GRIVET.

C'est une lettre du notaire de Paris !..

VICTOIRE.

Quand bien même ce serait le notaire lui-même, Madame ne le recevrait pas !

LA MÈRE GRIVET.

Et moi qui viens du village exprès pour la lui porter plus vite !..

VICTOIRE.

Donnez-la-moi ?.

LA MÈRE GRIVET.

Non, c'est à elle seule que je la remettrai... je vais l'attendre !..

(Elle veut s'asseoir).

VICTOIRE *(l'en empêchant)*.

Oh ! pas dans le salon !.. dans l'antichambre si vous voulez !

LA MÈRE GRIVET.

Dans l'antichambre !.. Elle a peur que j'use ses meubles !..

VICTOIRE.

C'est l'ordre !..

LA MÈRE GRIVET.

C'est bon... j'y vais !.. Je l'avais bien dit qu'elle ferait comme les autres !

SCÈNE IX.

LES MÊMES, LA BARONNE, LA MARQUISE.

LA MARQUISE (*entrant vivement*).

Madame Bavolet ?.. Où est madame Bavolet ?..

LA BARONNE (*une lettre à la main, entrant*).

Ah ! ma nièce, comme vous courez !...

VICTOIRE.

Madame est dans sa chambre !

LA MARQUISE.

Dites-lui de venir... vite... vite !...
(*Mélie entre.*)

VICTOIRE.

Voilà Mélie qui va la prévenir.

MÉLIE.

Tout de suite !... Si ces dames veulent bien se remettre !...

LA BARONNE (*s'asseyant*).

Ah ! oui... l'émotion... la fatigue...

VICTOIRE (*à la mère Grivet*).

Venez, mère Grivet !

LA MÈRE GRIVET.

C'est ça... elles au salon... et moi dans l'antichambre !... Ainsi va le monde !... Quel malheur !...

(Elle sort avec Victoire.)

SCÈNE X.
LA MARQUISE, LA BARONNE.

LA MARQUISE *(joyeuse)*.

Enfin, nous revoici chez nous !..

LA BARONNE.

Dans le château de mes ancêtres !

LA MARQUISE.

Que nous n'avons plus besoin de vendre !

LA BARONNE.

Oui, grâce à cette lettre qui nous annonce...

LA MARQUISE.

Oh ! relisez-la encore... relisez-la !..

LA BARONNE.

Attends !.. *(Lisant.)* « Madame la baronne, Je suis
heureux... je suis heureux... de... de... » *(S'arrêtant.)*
Je ne peux pas... la joie fait trembler mes lunettes...
Lisez vous-même...

LA MARQUISE.

Donnez !.. *(Lisant.)* « Madame la baronne, Je suis
heureux de vous apprendre que votre intendant a été
arrêté au moment où il passait la frontière, et porteur
de toutes vos valeurs. C'est au hasard que nous devons
cette capture, dont je me félicite, puisqu'il vous rend
votre fortune tout entière !.. »

LA BARONNE.

Toute notre fortune !..

LA MARQUISE.

Ah ! mon Dieu, ma tante !..

LA BARONNE.

Qu'avez-vous, ma nièce ?

LA MARQUISE.

J'ai... j'ai que nous espérions conserver notre château et que c'est impossible !..

LA BARONNE.

Impossible !.. pourquoi ?

LA MARQUISE.

Il est vendu ! .

LA BARONNE.

Rien n'est écrit encore !..

LA MARQUISE.

Sans doute, ma tante ! mais nous avons donné notre parole... et la parole des Bois-Mouchet vaut un écrit !

LA BARONNE.

Bien, ma nièce !.. Mais alors comment faire ?

LA MARQUISE.

Prier Madame Bavolet de nous rendre notre parole.

LA BARONNE.

Ce sera difficile !.. Nous l'avons blessée tout à l'heure, elle ne nous le pardonnera pas !..

LA MARQUISE.

Essayons !.. C'est elle !..

(Madame Bavolet entre.)

SCÈNE XI.

LES MÊMES, MADAME BAVOLET.

MADAME BAVOLET *(très froide).*

Vous avez désiré me parler ?

LA MARQUISE *(très gracieuse).*

Oui, ma chère Madame Bavolet.

MADAME BAVOLET.

Peut-être encore de mon moulin, n'est-ce pas ?

LA BARONNE *(à part).*

Oh ! oh ! elle est fâchée !..

LA MARQUISE.

Non, ne croyez pas...

MADAME BAVOLET.

J'ai donné l'ordre de le démolir, ce moulin... dans
une heure ce sera fait...

LA BARONNE.

Si vite !..

MADAME BAVOLET.

Oh ! j'y ai mis beaucoup d'ouvriers... ce soir, il n'en
restera plus rien !..

LA MARQUISE.

Oubliez cela, Madame Bavolet, et écoutez-moi !

MADAME BAVOLET.

Parlez, Madame la marquise.

(Elle s'assied.)

LA MARQUISE.

Ma tante vient de recevoir une lettre du lieutenant

de police. Notre intendant est arrêté, et toutes nos valeurs nous sont rendues !

MADAME BAVOLET (*froidement*).

Ah !.. Après ?

LA BARONNE.

Nous ne sommes donc plus ruinées !

MADAME BAVOLET (*de même*).

Je vous en félicite !.. Ensuite ?..

LA MARQUISE.

Eh bien ! puisque nous pouvons garder notre château... nous désirerions ne plus le vendre !

MADAME BAVOLET (*avec un petit rire*).

Ah ! ah !..

LA BARONNE.

Vous dites ?

MADAME BAVOLET.

Je dis : Ah ! ah !

LA MARQUISE.

Ce n'est pas une réponse, cela !

MADAME BAVOLET.

Pardon, c'est la mienne !

LA BARONNE.

Cependant...

MADAME BAVOLET.

Je viens de vous dire que j'ai donné ordre de démolir mon moulin... c'est donc que mon intention est de garder le château.

LA BARONNE.

Vous refusez ?

MADAME BAVOLET.

Je refuse !.. C'est ma revanche !..

LA MARQUISE.

Mais rien n'est encore signé... et nous pourrions...

MADAME BAVOLET.

C'est vrai, rien n'est écrit... mais la vente a eu lieu devant témoins et, de plus, j'avais votre parole...

LA BARONNE.

Ma petite... voyons.

MADAME BAVOLET.

Vous dites ?

LA BARONNE *(se reprenant)*.

Non, je voulais dire : Madame Bavolet !..

MADAME BAVOLET.

J'ai cru pouvoir me fier à votre parole... Si j'ai eu tort, dites-le !

LA MARQUISE *(sèchement)*.

Soit !.. mais nous pouvons exiger la somme de suite.. et nous l'exigeons...

MADAME BAVOLET.

Qu'à cela ne tienne... vous aurez la somme dans une heure !...

LA BARONNE *(avec doute)*.

Vraiment ?

MADAME BAVOLET.

J'attends une lettre de mon notaire... elle devrait même déjà être là...

(Elle sonne.)

VICTOIRE *(entrant)*.

Madame a sonné ?

MADAME BAVOLET.

Oui, j'attends une lettre de mon notaire de Paris...
Dès qu'elle arrivera vous me l'apporterez.

VICTOIRE.

Une lettre ? De Paris ? Elle est arrivée, Madame !

MADAME BAVOLET.

Et vous ne le disiez pas !.. Où est-elle ?

VICTOIRE.

C'est la mère Grivet qui...

MADAME BAVOLET.

Qu'elle entre, vite !.. *(Victoire sort. A la marquise.)*
Vous voyez, vous n'attendrez pas même une heure !.

LA BARONNE *(avec un soupir de regret)*.

Mon pauvre château !

⬦–⬦

SCÈNE XII.

LES MÊMES, LA MÈRE GRIVET.

LA MÈRE GRIVET *(entrant)*.

Enfin, ce n'est pas trop tôt... Ma chère Madame
Bavolet, je viens pour...

MADAME BAVOLET *(l'interrompant)*.

Oui, c'est bon... c'est bon, votre lettre...

LA MÈRE GRIVET.

Je voulais vous dire avant...

MADAME BAVOLET *(impatientée)*.

Votre lettre !..

LA MÈRE GRIVET *(la donnant)*.

La voici, mais je...

MADAME BAVOLET.

Assez !.. taisez-vous !.. *(Montrant la lettre.)* Voilà les titres que j'attendais ! . *(Elle décachette.)* Comment ! une simple lettre ?.. *(Lisant.)* « Madame, par suite d'une regrettable erreur, de prénoms, l'héritage qui vous avait d'abord été attribué... revient à son héritière naturelle... la sœur de votre tante... qui s'est présentée hier devant nous... En conséquence, suivant le testament... c'est elle seule qui se trouve légataire de droit... Je déplore ce malentendu... et je vous prie d'agréer... »...

(Elle s'arrête. La lecture de la lettre doit être coupée de pauses, indiquant l'émotion de Madame Bavolet.)

LA MARQUISE.

Déshéritée !..

LA BARONNE.

C'est une autre !..

MADAME BAVOLET *(atterrée, répétant machinalement)*.

Une autre !.. une autre !.. une autre !.. Je n'ai plus rien... rien... rien !.. Oh ! ce n'est pas possible !.. j'ai mal lu..? *(Elle reprend la lettre.)* « ..Par suite d'une erreur... l'héritage revient à son héritière naturelle... la sœur de votre tante... » — C'est bien écrit !.. Alors, moi ?.. Rien ! rien !..

(Elle s'assied.)

LA BARONNE *(émue)*.

Pauvre petite !

LA MARQUISE.

Madame Bavolet, du courage !..

LA MÈRE GRIVET *(émue)*.

Elle était devenue bien orgueilleuse... mais c'est égal ça fend le cœur tout de même !

VICTOIRE.

Oh ! pauvre Madame !.. (*A Mélie et Fanchette qui entrent au fond, bas, désignant Madame Bavolet qui est toujours assise.*) Elle n'a plus rien !... C'est pas elle qu'hérite !

MÉLIE (*consternée*).

Oh !...

FANCHETTE.

C'est-y possible !..

MADAME BAVOLET (*se levant, à elle-même*).

Plus de carrosses !.. plus de belles robes !.. plus de château !.. Meunière !.. meunière comme devant !.. Il ne me reste plus que mon moulin... mon pauvre moulin !.. (*Frappée d'une idée.*) Ah ! mon Dieu !..

TOUS.

Quoi donc ?

MADAME BAVOLET (*d'une voix entrecoupée, à elle-même*).

Mon moulin... là... tout à l'heure... à Marceline... l'ordre de démolir... (*Aux personnages, avec désespoir.*) Mais vous ne comprenez pas .. il est perdu !..

LA MARQUISE (*étonnée*).

Perdu ?.. Qui ?

MADAME BAVOLET (*agitée*).

Lui... lui !.. Il faut courir... Oh ! courez... courons '.. (*Elle sort vivement en criant :*) Arrêtez !.. arrêtez !..

(*Les personnages se regardent stupéfaits.*)

LA MÈRE GRIVET.

Elle est folle !..

LA MARQUISE.

Que voulait-elle dire ? Qui est-ce qui est perdu ?

LA MÈRE GRIVET.

Eh ! pardine, l'héritage donc !.. Mais faut pas la laisser seule... S'il arrivait malheur !.. Faut courir !.. *(Aux servantes qui ne bougent pas.)* Eh ben ! vous autres... quand vous resterez là à vous regarder ?..

VICTOIRE.

Mais, mère Grivet !..

LA MÈRE GRIVET *(les poussant)*.

Allons, passez devant... et tâchez de la rattraper !.. et vivement !..

(Les trois servantes sortent en courant.)

LA BARONNE.

C'est la journée aux émotions !..

LA MÈRE GRIVET.

Je peux pas courir comme ces jeunesses, moi !.. Mais, c'est égal... je veux pas laisser cette pauvre Madame Bavolet toute seule... Je cours la rejoindre... si c'est possible !... Madame la baronne... Madame la marquise... excusez !..

LA MARQUISE.

Oui, allez... mère Grivet... et rapportez-nous des nouvelles !..

LA MÈRE GRIVET.

J'y manquerai pas !.. *(Elle sort en répétant.)* Qué malheur ! mon Dieu ! qué malheur !..

∽◦

SCÈNE XIII.

LA BARONNE, LA MARQUISE.

LA BARONNE.

Où peut-elle être allée ?

LA MARQUISE.

Je l'ignore, la lettre qu'elle vient de recevoir lui a troublé l'esprit.

LA BARONNE.

Pauvre petite !.. on serait troublée à moins !..

LA MARQUISE.

Elle a été riche un jour...

LA BARONNE.

Nous avons été pauvres pendant le même temps !..

LA MARQUISE.

Et cette double épreuve ne sera perdue pour personne.

LA BARONNE.

Que voulez-vous dire, ma nièce ?

LA MARQUISE.

Que Madame Bavolet nous a montré, par ses ridicules, combien on a tort de se prévaloir de sa fortune pour humilier de plus petits que soi... et je ferai mon profit de la leçon !..

LA BARONNE.

Qui vient là ?..

⸰⸰⸰⸰⸰⸰⸰⸰⸰⸰⸰⸰⸰⸰⸰⸰⸰⸰⸰⸰⸰⸰⸰⸰⸰⸰⸰⸰⸰⸰

SCÈNE XIV.

LES MÊMES, MARCELINE.

MARCELINE (*entrant vivement*).

Madame Bavolet !.. Madame Bavolet !.. (*Elle s'arrête*) Oh ! pardon... je cherchais la dame du château... la nouvelle...

LA BARONNE (*désignant sa nièce*).

La nouvelle dame du château... la voici !

MARCELINE.

Comment ?

LA BARONNE.

C'est ma nièce !..

MARCELINE (*étonnée*).

Madame la marquise ?.. Mais Madame Bavolet ?

LA BARONNE.

Madame Bavolet ?.. Vous parlez de la meunière ?

MARCELINE.

Elle l'était... Elle ne l'est plus !.. puisqu'elle est riche !..

LA MARQUISE (*l'imitant*).

Elle l'était !.. Elle ne l'est plus !..

MARCELINE (*incrédule*).

Allons donc... et son héritage ?

LA MARQUISE.

Son héritage n'existe plus !..

MARCELINE.

Il n'existe plus ?.. Pauvre Claire !.. Plus de château !... plus de moulin !..

LA MARQUISE.

Son moulin lui reste !..

MARCELINE.

Oh !.. non... puisqu'elle m'avait donné l'ordre de le faire démolir ?..

LA BARONNE.

Démolir !..

MARCELINE.

En une heure !.. Et je venais lui dire que ses ordres
avaient été remplis... j'ai envoyé tous les ouvriers du
village !..

LA MARQUISE *(à sa tante)*.

Ah ! je comprends à présent son départ précipité !..
Elle voulait sauver son moulin !..

LA BARONNE.

Pourvu qu'elle ne soit pas arrivée trop tard !..

MARCELINE.

Dame!.. j'en sais rien... les ouvriers allaient commen-
cer quand je suis partie !..

LA MARQUISE.

Quelle punition !..

MARCELINE.

Mais alors... si ce n'est plus Madame Bavolet qu'a le
château... me revoilà sans place... *(Regardant la marquise.)* à moins que...

LA MARQUISE.

A moins que ?

MARCELINE.

A moins que Madame la marquise ne me reprenne
à son service ?

LA MARQUISE.

Qu'elle s'était bien vite empressée de quitter...aussitôt
notre ruine ?

MARCELINE.

Oh ! Madame la marquise !..

LA BARONNE.

Ma nièce a raison !..

MARCELINE.

Oh ! Madame la baronne !..

LA MARQUISE.

Allons !.. rassurez-vous... je vous reprends tout de même !

MARCELINE.

Oh ! merci, Madame la marquise !.. *(Avec dédain.)* D'ailleurs... vous savez... je servais l'autre... mais... Madame Bavolet... une ancienne meunière... ah !

LA MARQUISE *(sévèrement)*.

Et surtout, je vous prie de ne pas dire du mal de vos maîtres !

MARCELINE *(interdite)*.

Ah ! il ne faut pas..! C'est vrai qu'au fond je l'aimais bien, ma pauvre Claire !

LA MARQUISE *(inquiète)*.

Personne ne revient... c'est inquiétant... il faudrait envoyer quelqu'un !..

LA BARONNE.

Envoyez Marceline.

MARCELINE.

J'y cours, Madame la baronne !

LA BARONNE *(apercevant la mère Grivet)*.

Inutile, voici la mère Grivet.

SCÈNE XV

LES MÊMES, LA MÈRE GRIVET, puis FANCHETTE, MÉLIE, VICTOIRE, puis MADAME BAVOLET.

LA MÈRE GRIVET (*très essoufflée*).

Ah !.. pardon... excuse.. j'ai tant couru... je peux plus respirer...

LA BARONNE (*avec bonté*).

Asseyez-vous, ma brave femme !..

LA MÈRE GRIVET (*confuse*).

Devant vous... j'ose pas !..

LA MARQUISE.

Nous le permettons.

LA MÈRE GRIVET.

Alors, c'est pas de refus... (*Elle s'assied.*) parce qu'à mon âge... les jambes, c'est plus neuf.. Vous êtes tout de même moins fières que Madame Bavolet quand elle était riche !..

LA MARQUISE.

Voyons... dites-nous vite !..

LA MÈRE GRIVET.

Ah ! m'a-t-elle fait courir !.. Pire que Jeannot, mon âne !..Et pourtant quand il veut...il court bien,Jeannot!..

LA MARQUISE (*impatientée*).

Mais Madame Bavolet ?

LA MÈRE GRIVET.

Elle allait au moulin !..

LA BARONNE.

Ah !.. Eh bien ?..

LA MÈRE GRIVET.

Paraît qu'elle voulait le faire démolir, son moulin..

LA BARONNE *(agacée)*.

Nous le savons.. Après ?

LA MÈRE GRIVET.

Vous le saviez... mais je ne le savais pas... *(Avec colère.)* Eh ben, je dis que c'était très mal, ça... Son moulin était pas cause...

LA MARQUISE.

Voyons.. calmez-vous !..

LA MÈRE GRIVET.

Quand je pense que le premier coup de pioche était donné... et qu'une heure plus tard...

LA BARONNE.

Alors Madame Bavolet est arrivée à temps ?

LA MÈRE GRIVET.

Oui, et je lui pardonne...car si vous l'aviez vue!..Non, mais il fallait la voir !.. Elle riait.. elle pleurait... elle embrassait les pierres de son moulin... en lui demandant pardon... avec des mots si pleins gentils..*(Emue.)* J'en étais tout émouvée !..

LA BARONNE.

Et où est-elle à présent ? Pourquoi ne vient-elle pas ?

LA MÈRE GRIVET.

Elle va venir ..

LA MARQUISE.

Ah !..

LA MÈRE GRIVET.

Pour vous redemander votre pratique quand vous aurez du blé à moudre.. Et tenez, je l'entends..

MARCELINE.

La voici !..

(Mélie, Fanchette et Victoire entrent précédant Madame Bavolet. Elles ont repris leurs costumes du premier acte.)

VICTOIRE *(annonçant)*.

Madame Bavolet, la meunière du Moulin-Joli.

MADAME BAVOLET *(entrant, dans son costume du premier acte. Très gaie et très souriante)*.

Eh ! oui, c'est moi, Madame Bavolet...la meunière... *(Saluant la baronne.)* Votre servante, Mme la baronne !.. *(A la Marquise.)* Madame la marquise, je me recommande à vous... j'espère que vous me continuerez votre pratique... toujours aussi beau travail... et toujours au même prix !.. *(A la mère Grivet.)* Ah ! bonjour, mère Grivet !.. vous allez bien ce matin ?. *(La mère Grivet reste interdite.)* Voyons... est-ce que vous m'en voulez ?.. Si je vous ai manqué... je vous en demande pardon... là, êtes-vous contente ?

LA MÈRE GRIVET *(émue)*.

Brave petite !..

MADAME BAVOLET *(à Marceline)*.

Tiens ! Marceline... ça va bien ?.. Tu sais qu'il y a toujours une tasse de lait pour toi au moulin !.. *(A ses servantes.)* Et maintenant, les enfants... assez chômé... le vent est bon... le moulin marche... au travail !..

LA MARQUISE *(s'approchant)*.

Alors vous ne regrettez pas ?

MADAME BAVOLET.

Quoi donc, Madame la marquise ?.. Ah !.. je sais !.. un rêve... c'était un rêve... je suis éveillée à présent... et pas plus triste qu'avant !.. Décidément, le bonheur est partout... au château... comme au moulin...Seulement...

ah ! seulement... quand on le tient... faut pas le quitter... (*Avec émotion.*) parce qu'il pourrait ne plus revenir !..

LA MÈRE GRIVET (*avec élan*).

Ah ! Madame Bavolet... voulez-vous m'embrasser ?

MADAME BAVOLET.

Avec plaisir, mère Grivet !..

LA BARONNE.

Et nous croire vos amies, ma nièce et moi !

MADAME BAVOLET (*avec une révérence*).

Oh ! Madame la baronne... oh ! Madame la marquise... je vous remercie de l'honneur que vous me faites !..

LA MARQUISE.

Et nous irons de temps en temps vous dire bonjour au moulin !..

MADAME BAVOLET (*riant*).

Ce jour-là, nous mettrons une nappe blanche!.. (*A ses servantes.*) Allons, en route !.. (*S'arrêtant.*) Ah !.. pardon, encore un mot...

(*Elle s'avance pour chanter le couplet au public.*)

MADAME BAVOLET.

(*Sur l'air de la chanson du moulin : Premier acte.*)

On m'a dit : sois notre interprète...
Je n'ose pas... je perds la tête...

Tic-tac !
Quand devant vous je me présente
Mon cœur bat, et je suis tremblante...

(*Mettant la main sur son cœur.*)

Tic-tac !

Notre tâche était téméraire,
Mais si nous avons su vous plaire...

(Faisant le geste d'applaudir.)

Tic-tac !

(Avec un gracieux sourire.)

Allons... voyons, soyez bien sages...

(Désignant les autres personnages.)

Pour elles donnez vos suffrages ?

(Geste d'applaudir.)

Tic-tac ! tic-tac !

Chœur.

MADAME BAVOLET.	LES AUTRES :
Je suis la meunière	Elle est la meunière
Du Moulin-Joli,	Du Moulin-Joli,
Debout la première,	Debout la première,
La dernière au lit !	La dernière au lit !
Je suis la meunière	Elle est la meunière
Du Moulin-Joli.	Du Moulin-Joli.

FIN.

DESCRIPTION DES COSTUMES.

PREMIER ACTE.

MADAME BAVOLET : Jupe courte de couleur claire. Corsage de velours ou de satin noir. Petit fichu de dentelle, plissé sur le devant du corsage. Petit bonnet de dentelles avec une coque de rubans. Petits souliers à boucles.

LA MARQUISE : Une robe amazone Louis XV, bleue, verte ou rouge. Corsage à basques de même couleur serré à la taille par une ceinture de cuir vernis : le devant du corsage est garni de brandebourgs or, argent ou noir. Un chapeau de feutre à larges bords, garni de plumes. Une cravache à la main.

LA BARONNE : Une robe à ramages ou de couleur foncée : puce, prune ou marron. Sur la robe, une douillette de couleur plus claire, avec capuchon. Cheveux blancs tombant en coques. Un fichu de dentelles posé en pointe dessus. Elle a des lunettes et une canne très haute.

MARCELINE : Même costume que Madame Bavolet, mais plus modeste.

LA MÈRE GRIVET : Robe à ramages, bonnet de mousseline, lunettes. Costume très simple.

MÉLIE :

FANCHETTE :

VICTOIRE :

Jupe courte de couleur unie ou rayée. Petit corsage à bretelles. Chemise de grosse toile bise, dont les manches sont retroussées jusqu'au-dessus du coude. Un petit bonnet de coton blanc ou rayé, comme en portent les garçons meuniers. Sabots légers ou petits souliers. Les sabots de préférence.

DEUXIÈME ACTE.

MADAME BAVOLET : Riche costume Louis XV. Robe courte de satin uni, couleur tendre. Paniers et corsage en étoffe brochée ou Pompadour à fleurettes. Bas de soie à coins brodés or ou argent. Petites mules en satin assorties à la jupe. Perruque poudrée. (Voir pour la façon exacte du costume les tableaux ou gravures de Watteau, de Boucher et de Fragonard.

LA MARQUISE : Costume dans le genre de celui de Madame Bavolet.

LA BARONNE : Même costume qu'au premier acte, moins la douillette.

MARCELINE : Même costume qu'au premier acte.

LA MÈRE GRIVET : Même costume qu'au premier acte.

MÉLIE :

FANCHETTE :

VICTOIRE :

Costumes de soubrettes Louis XV. Jupe courte de couleur claire. Corsage noir ou de même couleur que la robe. Fichu de dentelles et nœud de dentelles dans les cheveux.